I0649067

Anton von Salis Tagstein

Des Vikarius A. von Salis von Tagstein freymüthige Erzählung

und Bemerkungen über die Thatsachen die ihn betreffen und über die

Urtheile die wider ihn ergangen sind.

Anton von Salis Tagstein

Des Vikarius A. von Salis von Tagstein freymüthige Erzählung
und Bemerkungen über die Thatsachen die ihn betreffen und über die Urtheile die wider ihn ergangen sind.

ISBN/EAN: 9783337413538

Printed in Europe, USA, Canada, Australia, Japan

Cover: Foto ©Andreas Hilbeck / pixelio.de

More available books at **www.hansebooks.com**

Des Vikarius
Anton von Salis von Tagstein

freymüthige Erzählung

und

Bemerkungen

über

die Thatsachen

die ihn betreffen und über die

Urtheile

die wider ihn ergangen sind.

Von der Volksversammlung so sich im Frühjahr 1794 in der Löbl. Stadt Chur zusam-
mengezogen hat.

―――――――

An
die Ehrsamen Räthe und Gemeinden
der Republik Graubünden.

―――――――

1 7 9 5.

Hochgeachte, Hoch = und Wolgebor=
ne, Gestrenge, Fürsichtig, Hoch=
und Wolweise! Gnädig gebie=
tende Herren und Obere!

Euch denen Ehrsamen Räthen und Gemein=
den meinen Hochgebietenden Herren und
Obern erzähle ich diese Thaten, mit denen aus
ihrer Natur sich entfaltenden Bemerkungen ohne
alle Schminke und Verhelung, sie werden Euch
überzeugen, wie tief — unter der Benennung
Strafe, ein Mann durch Kabalen gekränkt und
gebeugt werden kann: sie sollen Euch überzeu=
gen, wie ein zügelloses Verfahren mit einem ein=

zigen

zigen Staatsglied, Landesverfassung, Gesetze und
Ansehen der rechtmässig gesetzgebenden Gewalt
muthwillig niedergetretten werden können, und
wie sehr die ganze Summe des allgemeinen
Wohlstands, Eigenthum und Sicherheit der
äussersten Gefahr blos gestellet werden.

Von diesem Schreckenbild, bin ich das Ur-
bild worden, keineswegs aber nur durch die Ein-
bildungskraft, sondern durch eine Volksversammlung, die sich unter einem trügenden Vorgeben
im Frühjahr 1794. zu Chur zusammen gezogen
hat. Nachdem sich diese Volksmenge den Namen
einer Löbl. ausserordentlichen Standesversammlung beigelegt, hat sie sich unter der Larve, das
Wohl des Landes zu bestellen, ein löbl. unpartheiisches Gericht zur Seite gesetzt. Dieser löb-
liche Verspruch, den die Volksversammlungsstifter mit Wahrheit prahlender Mine begleiten, hat
den Argwohn — freyen Gemeinden das Ver-
trauen abgelockt, ihre Boten ohne Widerrede
abzu-

abzufertigen, um bei einer dem Land so ersprieß-
lichen Absicht mitzuwirken.

Die allgemein traurige Erfahrung hat es
leider nur zu sehr bestätiget, daß diese Volksversammlung weit mehr geleistet, als sie versprochen
hat, aber nicht durch Bestellung, sondern durch
die Abstellung des Wohls des Landes, ich, in
mein erlittenes Unrecht versenkt, bin der über-
zeugende lebendige Beweis ihrer Thaten.

Theoretische Rechtsgründe über die unrecht-
mässige gesetzwidrige Zusammentrettung dieser
Volksversammlung kann ich um so mehr überge-
hen, weil meine mitgekränkte Bundesgenossen
dieses zur Genüge gethan haben, theils aber
ich, weil meine Erzählungen und Bemerkungen
willkührliche, gesetzwidrige, zügellose Thaten
ihre Wahrheit hell genug ins Licht stellen
en.

Wäre

Wäre der grosse Theil meines mir geraubten Vermögens wirklich zum Wohl des Vaterlands, oder nur einiger würdiger Staatsbedürfnissen verwendet worden, ich würde bei der grausamen Art, mit der man mir es abgenommen, nie eine Klage führen; könnte ich nur begreifen, daß eine redliche Absicht zum Frommen des Vaterlands, Grausamkeit und Gewalt in diesem Falle nothwendig machte.

Man hat Beispiele, daß Menschen durch Gewalt zu so grossen Pflichten als die Vaterlandsrettung eine ist, haben müssen gezwungen werden, aber die Erhaltung der Gesetze und des Vaterlands Wohlstand heischen keine Schleichwege, auf diesen wandler nur die Hab- und Herrschsucht der übelgesinnten Staatskünstler, die schiefe Absichten haben; Eifer für das allgemeine Beste handlet mit aufrichtigem unbedecktem Gesicht, und sein Ernst ist Liebe. An rechtmässige redliche Führer des Vaterlands, deren Absicht wahre

Ret-

Rettung wäre, würde ich noch einen grössern Theil meines Vermögens abtretten, nach so vielem erlittenem Unrecht — freywillig abtretten, diese würden sich aber auch keine Mittel erlauben, und noch weniger anwenden, welche unsern Grundgesetzen und unserer Staatsverfassung den Umsturz drohen, und das Band zerreissen, welche die jedem Bündner so heilige Erbvereinigung des Erzhauses Oesterreich mit der Republik, geknüpft hat: solche unnatürliche Mittel ergreifen nur die Verzweiflung und der Muthwillen.

Solche im engsten Sinn muthwillige Mittel hielten meine mir als Bündner angeborne Freyheit gefesselt, sie verletzten aufs tiefste meine Ehre, zerrütteten meine Gesundheit, trübten mein Alter, verletzten die Grundgesetze des Staats, beleidigten das Mailändische Capitulat, die Statuten, rc. rc. In der Gewalt meiner Feinde von dem Schutz der Gesetze entblößt, mußte ich zusehen, daß die Volksversammlung auf die

die unerlaubteste Weise mein Vermögen aus-
spendete:

An was für Menschen und wozu?

An unruhige aufgewiegelte Unterthanen und Bündner — und zu Besol-
dungen meiner Feinde und Verfolger.

Ihr, meine hochgebietende Herrn und
Obere werdet bei Anhörung aller meiner Erzählungen und Bemerkungen mit Schrecken wahr-
nehmen, daß das Schwerdt der Gerechtigkeit in
so gefährlichen Händen blitzte, der Mißbrauch,
mit dem es regiert wurde, drohte die fürchter-
lichste Streiche, die sogar Euch Richter nicht
verschont hätten, wenn nicht Eure Gerechtigkeit
sich gegen diese Frevel zur Strafe gerüstet hätte.
Eure menschenfreundliche, landesväterliche Herzen müssen sich zum gerechten Unwillen empören,
sie werden sich aber auch zum Mitleid neigen,

wann

wann ihr die traurige Bemerkung macht, daß
an Euren getreuen Bundsgenossen alle Rechte
und Gesetze, selbst die Naturrechte, und auch
die, welche sich auf die heiligste Moral gründen,
sind geschändet worden.

Eure zärtliche, landesväterliche Theilnahme
dieser so gewaltsamen Bedrückungen ist für die
leidende Bundsgenossen schon tröstend; und uns
auch Recht wiederfahren zu lassen, habt Ihr
durch Euren geneigten Willen bereits erwiesen,
indem Ihr die neuerliche Zumuthungen, die alte
Rechte und Gesetze abzuschaffen und abzuändern,
mit Abscheu verworfen habt.

Von so grossem Werth aber auch für jeden
Gutgesinnten die Verwerfungen der gefahr-
schwangern Zumuthungen sind, so kann doch nur
die Wiederherstellung der Autoritäten der Grundgesetze, der Verträge mit angrenzenden Mächten
und der gesetzgebenden Gewalt es seyn, was
uns

uns vor so gewaltsamen Eingriffen, Unthaten
und Mißhandlungen sichert.

Es ist auch Eurem Scharfsinn so wenig als
jedem redlichen Landeseinwohner nicht entgan-
gen, wie sehr allen Verordnungen und Vorschlä-
gen der Volksversammlung, die sie nicht mit der
alles verschlingenden Gewalt begleiten konnte,
der Stempel der Zweydeutigkeit aufgedrückt ist.
Was anders kann die Absicht der Erfinder dieser
Vorschläge und Verordnungen seyn, als einen
günstigen Augenblick abzulauren, in dem sie Gesetz und Gewalt in ihre und ihrer übelgesinnten
Mitgenossen Hände reissen wollten? Welch ein
Plan raget unter dieser Bemerkung hervor! —

Dieser hervorragende Plan entwickelt sich
durch die Thaten, man betrachte nur meine er-
littene Kränkungen, diese können unter keinem
Gesichtspunkt Strafen genennet werden; am
wenigsten aber gesetzliche Richterstrafen, sie sind
weit

weit mehr, sie sind gewaltsame Grausamkeiten,
und mit einem Wort in ihrem ganzen Umfange,
sie sind Folgen dieses Plans. Man verfolge
diese unnatürliche Anschuldigungen bis auf den
Urgrund, und man wird sie weder von Ueber=
trettungen unserer, noch der algemeinen bürger=
lichen, noch der natürlichen Gesetze ableiten
können, weil sie in der Entstehung ihrer Natur
schon allen rechtlichen Anschuldigungen, folglich
auch den gesetzmässigen Strafen widersprechen.
Ungerechte Klagen sind ein bodenloser Ungrund,
auf welchem das Gebäude einer rechtlichen Pro=
cedur nicht bestehen kan.

Auch das ist eine unverkennbare Wahrheit,
daß in Verfolgung des dem Vaterland gefahr=
drohenden Plans weder auf meine, noch anderer
Schuld oder Unschuld Rücksicht genommen wor=
den, um deßwillen wurde ich auch als ein Opfer
der Revolutions=und Habsucht dem Schutz der
Gesetze entrissen, weil mein Vermögen für Plan=

schmiede

schmiede und Schmiedlein ein erwünschtes Mittel war, alle gesetzliche und natürliche Rechte zu entkräften und zu zernichten.

Vergebt mir, meine Hochgebietende Herrn und Obere, wann sich meine vorausgeschickte Bemerkungen zu sehr ausdehnen, ein volles Herz hat starke Ergiessungen, ich gehe jetzund zu den Thaten über, welche das Dunkle entwickeln, und die Wahrheit des angezeigten beleuchten werden.

Unter dem 22. May 1794. ergieng eine Vorladung von der Volksversammlung mit dem unnatürlich harten und eisernen Befehl, ich solle mich innerhalb 6 Tagen bei Verlust meines Vermögens und Bündnerrechts vor ihr in Chur einfinden, und mich wegen gehabtem Antheil an Aemtergesellschaften rechtfertigen.

Schon

Schon diese Vorladung giebt zu erkennen, daß kein gegründetes Recht vorhanden ist, eine Vorladung ergehen zu laſſen, dahero dieſe Drohung um einer ſo geringen Urſache willen, ſie verräth aber auch, daß die Vorlader ihre Hände mehr nach meinem Vermögen, als nach meiner Perſon ausſtreckten.

Wie eiſenhart und unbillig eine ſo drohende Vorladung iſt, erhellet ſchon aus ihrem Innhalt, wie geſetzwidrig aber ſie iſt, beſtimmen die Vorſchriften des Bundsbriefs, die Reforma von 1684, der Keſſelbrief von 1570 und die Verordnung vom Bundstag 1773.

Dieſe Grundgeſetze und Vorſchriften wurden im Namen der ganzen Republik nur wenige Zeit vor dieſer Vorladung treulich zu halten beſchworen, nur damit ſie deſto muthwilliger könnten übertretten werden.

Die

Die Reforma von 1684 im 19. Artikel sagt
ausdrücklich:

> „Es solle derjenige, der einen andern
> „eines Verbrechens gegen den gesammten
> „Stand schuldig weiß, solches seiner
> „Obrigkeit anzeigen, und die Obrigkeit
> „solle verpflichtet seyn es der Session ei-
> „nes vollkommenen Bundstags anzuzei-
> „gen.

Des Bundsbriefs 12. Artikel

> „überläßt jedem Hochgericht und Ge-
> „meinde noch ihre eigene unabhängige
> „Gerichtsbarkeit die Fehlbare abzustrafen.

Eben dieses Bundsbriefs 7. Artikel sagt:

> „Es solle jeder unter uns Bundsgenossen
> „sich gegen den andern Rechtens genügen,
> „an den Enden da er gesessen ist.

Die

Die Verordnung des Bundstags von 1773 lautet also:

„1773 den $\frac{2}{13}$ September vor L. Deputa-
„tion bei Untersuchungen der Sindicato-
„rial Verrichtungen wurde folgendes ab-
„faßt: 1) daß denen in Unterthanen Lan-
„den abreisenden, darum beeidigten Amt-
„leuten aufgetragen und bei unabläßli-
„cher Buß von 1000 fl. anbefohlen werden
„solle, an Unterthanen auf keine Weise
„noch Art, auch unter keinerlei Vorwand
„solche ihnen aufgetragene Aemter, oder
„deren Interesse, verkaufen, abtretten,
„oder überlassen zu dörfen.

„Gleichwie es sich aber, in Rücksicht auf
„unsere democratische Standsverfassung
„leichtlich ereignen kann, daß die erwählte
„Amtleute nicht genugsame Kenntniß be-
„sitzen, ihre aufhabende Aemter so und
„von

„von sich selbst auf die vollkommenste
„Weis zu verwalten, so solle ihm erlaubt
„seyn, einen Assistenten zu bestellen, doch
„keinen andern, als der ein anerkannt
„mitherrschender Bündner ist, haupt=
„sächlich aber solle einzig und allein
„der Amtsmann hierzu den Eid von
„L. Stands= Versammlung empfan=
„gen (nicht aber der Assistent oder
„oder ein anderer, wie bisher unfug=
„sam geschehen ist) und sowohl von
„der Sindicatur als allfällig von der Su=
„periorität zur Rechenschaft seines Betra=
„gens gezogen und angehalten werden.

„Sollte es sich aber wider Verhoffen er=
„eignen, daß ein dergleichen Amtmann
„wider seine Pflicht und theuren Eid das
„anvertraute Amt sehr schlecht und Rechts=
„widrig verwaltet hätte, und für dieses
„sein unanständiges Betragen nicht im
„Stand

„Stand wäre die genugsame Rechenschaft
„und Satisfaction zu leisten, solle ohne
„weiters dasjenige Gericht oder Gemeind,
„dem solches Amt zu vergeben, zugetroffen,
„schuldig und angehalten seyn: für den
„von Jhro erwählten Amtmann in allem,
„und durchaus Red, Antwort und Re=
„chenschaft, und die genaueste Satisfaction
„der hohen Superiorität zu erstatten.

„Betreffend jedoch die Sicherheit für das
„Kammergeld solle es bey der alten, wie
„bisher gewöhnlichen Bürgschafts = Lei=
„stung sein Bewenden haben.

„Da es weltkundig ist, daß kein Gesetz retro
„würke; versteht sich von selbsten, daß
„solche Verordnung mit dem künftigen
„biennio de Anno 1775 seinen Anfang
„und erste Uebung gewinne.

„Wel=

„Welches Parere auf Begnehmigung der
„Ehrsamen Räth und Gemeinden gutge-
„heissen worden, ꝛc.

Wäre ich würklich ein Uebertretter, so konnte
ich vermög dieser Verordnungen doch nicht vor
die Volksversammlung vorgeladen werden, weil
ihr Tribunal ausser meinem Hochgericht ist, und
die Aemtertheilnahme zu der Zeit nicht verbot-
ten war.

Schon mehr denn 10 Jahre lebte ich ruhig,
entfernt von allen politischen Geschäften, ohne
meine Pflichten gegen das Vaterland zu verges-
sen, ich sehnte mich um so mehr nach Ruhe, da
ich in der Zeit so sehr von der Vorsehung ge-
prüft worden, durch die zwey Stützen, die sie
mir in einem Sohn und Tochter abgefordert.
Trauer ist nun mein Loos geworden, daß ich
neuerdings auf eine so grausame Art durch Gewalt von meinem mir noch einzig gebliebenen
Sohn

Sohn getrennt worden, da kaum die alten
Wunden durch blühende Enkel und Enkelin zu
verharschen anfiengen; zufrieden mit Ergebung
in den Willen der Vorsehung, lebte ich im Kreise
meiner mir übrig gebliebenen geliebten, und mich
wieder liebenden Familie, von mir selbst und von
andern Menschen Vorwurffrey von irgend einem
Verbrechen sowohl gegen einen Bündner und
Unterthan, als auch gegen den ganzen Staat.

Um so unerwarteter war mir diese gesetzwidrige drohende Vorladung, da die vor dem gesetzmässigen Richter abgelegte Rechenschaft der
Amtleute jeden schon von der Anklage entfernt,
um so mehr nach einer so langen Zeit; es war
mir zwar die Organisation und die Absicht der
öffentlichen und heimlichen Führer, dieser in jeder Rücksicht so ausserordentlichen Volksversammlung nicht ganz fremd; auch nicht ganz fremd
war mir, daß dieses ausserordentliche Tribunal
Schuld und Unschuld gleich verdammete, weil

nur

nur die Habsucht einiger Uebelgesinnten und Un-
ruhstifter nach anderer Gut gelüstete, wie das
das Schreiben vom Gubernium zu Mailand vom
2ı. August 1794. sehr richtig bemerkte. Ganz
fremd aber war mir, daß man statt der Amtleute die unverpflichtete Theilhaber zur Rechenschaft forderte, welches allen Gesetzen zuwider ist.
Einen Theil von meinem Vermögen und mein
Bündnerrecht zu erretten, mußte ich dieser drohenden obgleich der vaterländischen Verfassung-
widrigen Vorladung gehorchen.

Jeder Richter dem Gesetze und Verfassung
heilig sind und heilig seyn müssen, wenn er sie
nicht muthwillig verletzen will, würde mich wegen der Aemtergesellschaft nie vorgeladen haben,
weil dieß durchaus keine gesetzwidrige Handlung
und folglich kein Verbrechen war, mich auch nie
Gewinnsucht dazu gereizt hat, meine einzige
Absicht dabey war, einem Uebel vorzubeugen,
indem die Eifersucht auf die Curialien von eini-
gen

gen Elefner Particularen dem Publikum und Amte nachtheilig zu werden anfieng. Durch meine Theilnahme sollte dieses Uebel im Keim zerstöret werden.

Man darf aber auch zuverläßig glauben, daß die verlangte Rechtfertigung nur ein Vorwand war, sich meiner Person zu bemächtigen, weil man ohne Bemächtigung meiner Person meine Ehre, meinen so lang behaupteten guten Ruf und mein Vermögen nicht, oder doch nicht mit so viel Nachdruck, zerstören konnte.

„Wäre die Rüge der Aemtergesellschaft „der Volksversammlung Ernst gewesen, „so würde sie so wenig als in andern „Fällen, die Freysprechung und Verwei= „sung auf die Verordnung 1773. vom „löbl. unpartheiischen Gericht angenom= „men haben.

Sobald nun die Führer der Volksversamm= lung sich meiner Person gewiß wußten, so be= durfte

durfte es wie in andern Fällen keiner Maske
mehr, man war sogleich überall beschäftigt mich
von allen Seiten mit ungläublichem Eifer als
einen bürgerlichen und Staats = Verbrecher aus=
zurufen. Zu dieser so rühmlichen That waren
die Materialien schon längst in der Planschmiede
bearbeitet, diese Verläumdung deckte die Frech=
heit, mit der man sich erlaubt mich des Schutzes
der Gesetze zu berauben.

Indem nun die Clubbs der Finsternuß die
Unglücksschmiede mit ihrem Troß beschäftiget
waren im Verborgnen mir den Untergang zu=
zubereiten, äufferten sich vor meinen Augen die
Wirkungen öffentlich, und traten aller Orten,
sogar auch in der Volksversammlung schamlos
aus ihrer Hülle hervor.

Das Argwohnfreye Volk einzuschläfern,
und auffer der Aufmerksamkeit auf ihre wahre
Absichten zu erhalten, trugen die Führer und
gedun=

gedungene Creaturen der Volksversammlung
immer die Worte auf der Zunge: Herstellung der
alten Freyheit, Abschaffung des Mißbrauchs,
Nichtverletzung der Verfassung und Grundgesetze, heilige Haltung der Verträge, ꝛc. ꝛc. Diese
Zungendrescherische Brahlerey hörte man nicht
nur auf öffentlichen Plätzen und Versammlun-
gen, sondern auch in allen Schenken und Buden
aber ihre Thaten verriethen, daß ihre Worte
nur leere Töne der Zunge, und nicht aus dem
Herzen waren.

Einen Theil dieses schädlichen Plans hatten
sich die Stifter längst vor meiner und anderer
Vorladung versichert, und zu dem Ende auch
öffentliche und heimliche Vorladungen und Aufforderungen an die Unterthanen gemacht, daß
diese gegen die Stellvertretter der Regierung,
welche schon vor 20 und mehr Jahren ihre Stellen abgelegt haben, mit Rekursen und andern
Anforderungen in Chur vor der Volksversammlung

lung sich einfinden sollen. Die Ankläger sollen zu keiner Rücksicht verbunden seyn, ob die Amtleute das Benservito erhalten oder nicht, und ob die Rekurse vor die Sindikatur gebracht worden. Die Unterthanen trauten diesen Aufforderungen nicht so leicht, weil sie wohl wußten, daß dieses Begehren wider alle bisherige Gesetze und Verträge ist, und daß sie nichts weniger als die Vortheile, die ihnen das Maylándische Capitulat gewähret aufs Spiel setzten, dieser Verlust mußte den Unterthanen in jeder Rücksicht empfindlich seyn, weil sie alsdann der Willkühr der Herrscher heimfielen.

Diese so helle Wahrheit, die jedem Vernünftigen sich sogleich darstellet, wurde im April 1794 durch ein öffentlich Zirkularschreiben an die Unterthanen in einen Nebel gehüllet. Eine Zungendrescherische, prahlende, einschläfernde Schmeicheley sollte sie überzeugend bereden, daß die Gesetze, Verträge und Verfassung durchaus

un-

unverletzt bleiben sollen, sie wurden dahero ohne
Hinsicht auf ihre vorsichtige Einwendungen ernst-
lich und sogar mit befehlender Miene vorgeladen,
vom 1. May an während den Sitzungen der
Standesversammlung mit ihren Zurück‑ und
Anforderungen in Person zu erscheinen, im Aus-
bleibungsfall aber, wann diese Frist unbenutzt
vorübergehe, man keine Rekurse mehr annehmen
werde. Diese Bedrohung: daß nach verflosse-
ner Zeit keine Rekurse mehr angenommen werden, giebt dieser Verordnung das Gepräge eines
Befehls, und die Drohung, so wie der ganze
Innhalt des Schreibens bestimmt die offenbare
Verletzung der Gesetze, Verfassung und Verträge. Das Mayländische Capitulat gebietet
ausdrücklich im 12. Artikel:

„Die Unterthanen sollen durchaus für
„keine andere Tribunalien als diejenige
„des Veltlins und der Grafschaft Clefen
„gezogen werden.

Eine

Eine Verordnung der Ehrsamen Räth und Gemeinden hat neuerdings die genaue Beobachtung des Capitulats eingeschärft.

„unter dem 4. Julii 1788.

Das Capitulat bestimmt wieder im 18ten Artikel:

„Einzig und allein die Sindikatur solle
„die Klagen der Unterthanen anhören und
„darüber urtheilen.

Wird es wohl nöthig seyn mehrere Beweise aufzustellen? ich denke diese zeigen klar, daß Gesetz und beschworner Traktat unverantwortlich verletzt sind. Haben aber zu dieser Verletzung die Gemeinden ihren Boten Vollmacht gegeben? Durchaus nicht. Das war eigenmächtig sich angemaßte Gewalt, sträflicher Mißbrauch des guten, redlichen Zutrauens der Gemeinden, und im eigentlichsten Sinn Hochverrath gegen die gesetzgebende Gewalt der Republik.

Es

Es ist ein von allen Gesetzen verworfner
und von den heiligen Vorschriften der Morali-
tät verabscheuter Unfug durch öffentlichen Aufruf
Verbrecher aufzufordern, sich über ihre Richter
zu beschweren. Die allgemeine tägliche Erfahrung liefert uns genug Beyspiele, daß die muth-
willigste und vorsetzlichste Uebertretter der bürgerlichen und Staatsgesetze sich nie, oder doch sehr
selten, als diejenigen bekennen, welche sie sind, von
solchen Menschen ist ein solch freymüthiges Be-
kenntniß das mehr als bloße menschliche Schwachheit zum Grunde hat, auch nie zu erwarten, man
braucht eben kein vorsetzlicher Verbrecher zu seyn,
um diese menschliche Schwachheit zu begehen,
besser scheinen zu wollen als man ist. Aber eben
aus diesem Hang bereden Verbrecher sich und
andere, daß sie, wo nicht ganz unschuldig ver-
dammt, doch grausam und hart vom Richter
mißhandelt worden wären, ob ihnen gleich Gnade vor Gott wiederfahren ist. Diese Wahrheit
ist so wenig einem Zweifel unterworfen, als die,
daß

daß der, welcher fähig ist ein vorsetzliches Verbrechen zu begehen, auch ohne so zudringliche Aufrufung fähig ist, seine Strafe zurück zu fordern, seine Prahlerey und falsche Beschwerniß über Härte erhält einen falschen Sieg, und dieser Scheinsieg kleidet sein Verbrechen in Unschuld. Aber Gerechtigkeit und Gesetze werden dadurch nicht versöhnet, sondern zweyfach beleidiget.

Durch solche Menschen und angezeigte Mittel hat die Volksversammlung allen Gesetzen und der Moral Trotz geboten, und Verbrechen auf mich gewälzet, und ihren Vorwand maskirt, Gerechtigkeit zu üben und aufzurichten. Damit aber Kläger mit frecher Stirne, heimlich angefeuert, öffentlich und ungestraft wider mich auftretten könnten, so wurde ich noch vorhero aller gesetzmässigen und natürlichen Mittel beraubt, durch welche ich ohnfehlbar meine Unschuld hätte erweisen können und gewiß auch erwiesen haben würde. Zu dieser die Menschheit schändenden

That

That wurden vier Glieder der Volksversammlung am Abend einige Tage nach meiner An-
kunft zu Chur an mich abgeordnet, mit dem
ehrenvollen Auftrag, mir diese Schrift zu über-
reichen, die merkwürdig genug ist hier eingerückt
zu werden.

Anno 1794. den 18. Jun.

Vor allgemeiner Standsversammlung.

„Von Seiten einer löbl. Standsver-
„sammlung wird von dem Herrn Vikari,
„Anton von Salis Tagstein anbegehrt:

1) „daß er hier in löbl. Stadt Chur
„ein Domicilium erwähle, an welchem die
„allfällige Citationen, die die löbl. Stan-
„desversammlung oder das unpartheiische
„Gericht an ihn abzulassen für gut befun-
„den, geschehen soll, mit Versprechen, alle
„dergleichen Citationen, für recht, gültig
„und in Form geschehen, anzuerkennen.

„2)

2) „Soll er zugleich versprechen, auf
„jede obige allfällige Citationen sich also=
„gleich zu stellen, sowohl vor Löbl. Stands=
„versammlung, als vor dem Löbl. unpar=
„theiischen Gericht, so wie auch die all=
„fällig zu verhängenden Rückerstattungen
„und Strafen ohne Widerred anzuneh=
„men und zu erfüllen.

3) „Soll er versprechen, ohne Erlaub=
„niß der Löbl. Standsversammlung sich
„nicht ausser die Ringmauer der Löbl.
„Stadt Chur zu begeben.

4) „Damit die Löbl. Standesversamm=
„lung über die Haltung seines Verspre=
„chens eine grössere Versicherung habe,
„und um allenfalls das in den ersten drey
„Artikeln enthaltene zu erzwecken, soll er
„noch vor Auseinandergehung dieser Löbl.
„Standes = Session eine Bürgschaft vor
                                        „die

„die Summe von Hunderttausend Gulden
„Churer Währung zu stellen angehalten
„seyn, welche Bürgschaft auch als Zahler
„anzusehen, und mit Entsagung alles pri-
„vilegii fori von der Löbl. Standsver-
„sammlung zu belangen seye.

Nichts kann mehr das gesetzwidrige und
unnatürliche Verfahren wider mich an den Tag
legen, als dieses unerhört, unvernünftige, bar-
barische Verlangen, es zeigt klar wie sehr selbst
die Volksversammlung das Unrecht dieses Be-
gehrens gefühlt habe, und doch besteht sie auf
der Erfüllung, weil diese zum ungeheuren Plan
nöthig war, ich sollte mich selbst alles Rechts
der Gesetze berauben, das man den wirklich grossen Verbrechern nicht vorenthält. Welch eine
alles Gefühl empörende Zumuthung? Ihres-
gleichen wird sich kaum in den Jahrbüchern der
Geschichte vorfinden.

Die

Die Anforderung, ein Domicilium in Chur zu errichten ist strafbar, sie verletzt den 12. Artikel des Bundsbriefs: die Gerichtsbarkeit der Hochgerichte, ꝛc. ꝛc.

In diesem Fall ausser dem Bergell ein Domicilium zu errichten ist strafbar, es ist im 79. Cap. der Crim. Stat. ausdrücklich bey Strafe von Ehr und Gewehr gesetzt zu werden, verboten, andere Tribunale sowohl in Criminal - als Civil - Fällen, als diejenige meines Hochgerichts zu erkennen.

Es können demnach die Vorladungen der Volksversammlung auch schon in dieser Rücksicht nie für recht und gültig angesehen werden, es wäre denn, daß der rechtmässige Richter in Bergell sein Recht freywillig oder stillschweigend dem unrechtmässigen fremden überliesse, aber weder zu dem einen noch zu dem andern ist Bergell für sich allein befugt, und ich zweifle auch

nicht

nicht einen Augenblick, daß ihm seine Rechte heilig sind, und es niemand wagen darf solche ungeahndet zu verletzen.

Hätte die Volksversammlung je im Sinne gehabt nur einen Schein von Gerechtigkeit in ihren Thaten zu geben, so hätte sie nie ihre Strafen für rechtmässig zu erkennen, aufdringen wollen. Wo hat ein Richter, der nach Recht und Gesetz strafet, nöthig, dem, den er strafen muß, die Anerkennung des Urtheils, das er fällen wird, zum voraus abzunöthigen? Solch eine Zumuthung setzt voraus, entweder ist*dem Richter keine gesetzliche Gewalt übertragen, er ist nicht gesetzmässig, oder er ist ein ungerechter Richter. Hier ist beydes der Fall.

Sollte wohl jemand noch zweifeln, daß der Plan der Volksversammlungsstifter dahin gerichtet ist, mir mein Vermögen zu entziehen, der werfe einen Blick auf die Zumuthung,

C   daß

daß ich alle mir in der Folge zuſprechenbe Strafen und Rekurſe ohne Wiederred annehmen und
erſtatten wolle. So kann und darf durchaus
keine Anfordernng von vernünftigen Menſchen,
npch weniger aber von einem rechtmäſſigen Tribunal geſchehen. Eine ſolche Anforderung ſetzt
abermal ein Verbrechen oder eine heimliche Grube
voraus, dieſe Wahrheit liegt in der Forberung
Natur. Auch

dieſe Anforderung, daß ich bey einer ſo ungeheuren Summe Caution ohne ausdrückliche Er-
laubniß der Volksverſammlung nicht aus der
Stadt gehen ſolle, zeigt von einer verdächtigen
Vorſicht: dadurch wollte ſie eine etwanige nicht
voraus zu ſehende Gelegenhe abſchneiden, von
der zu beſorgen war, ſie könnte mich zufälliger
Weiſe dem Schutz der Geſetze zuführen.

Was aber noch alle bisherige Zumuthungen
in Schatten ſetzt, iſt endlich die verlangte Leiſtung
der

der Caution von 100000 fl. mit allen ihren Klau-
feln, besonders ist merkwürdig und übertrieben,
daß ich in der Stadt Chur, in der Zeit von ein
paar Stunden, eine solche Caution auffinden und
zu Stande bringen sollte, die zugleich für Bürg
und Zahler anzusehen und angenommen werden
könnte, mit feyerlicher Entsagung alles privilegii
fori. Und das erlaubte man sich in einem freyen
Staat?

Man vergesse einen Augenblick das gesetzwidrige an diesen Anforderungen, und verweile
an der unmoralischen Nebenabsicht, sie ist an
Menschen, die keine Richterpflicht haben, beynahe
unvergeblich und höchststräflich, was muß sie an
einer Volksversammlung seyn, die Recht- und Ge-
setzverletzung unter dem Namen Standesversammlung zu rügen vorgiebt, mein Herz hat wohl
Gefühl, aber meine Zunge und Feder haben
keine Worte und Kraft zu ihrer Bestimmung,
ich muß dahero auch jeden seiner Empfindung

über-

überlaſſen, meine Seele durchſchauert bey jedem
Hinblick und wagt es nie ſeine Gröſſe zu durch-
ſchauen, ich begnüge mich nur das zu entfalten,
was ſo unmittelbar daraus erfolgt wäre, und
hätte erfolgen ſollen. Der Ruin meiner Ehre,
guten Rufs und Vermögens iſt die in die Augen
fallende Abſicht, der unſichtbare, welchen Schrecken und Liſt und Uebereilung hätten bewürken
ſollen, war mich zum Verbrecher in meinem ange-
bohrnen Domicilio, Vaterland und Hochgericht
zu machen, dieſe Zuſammenwürkung ſollte mich
und meine Familie auf immer niederdrücken.
Man werfe hier noch einen Blick auf das oben
angezeigte 79. Cap. der Crim. Stat. von Bergell,
und dieſe ſchaubernde That iſt unläugbar.

Wider alles Vermuthen der Volksverſammlung raubte mir weder Schrecken noch Liſt meine
Beſinnungskraft, die Vorſehung entriß mich gü-
tig dieſer heimlichen Grube. Doch entgieng
ich nicht ganz dem Streich der mich treffen
ſollte.

ſollte. Erhitzt, daß ihr Schrecken und Liſt in etwas
ihren Zweck verfehlt, ergriffen die Führer der
Verſammlung das unfehlbare und nicht minder
grauſame Mittel, und ſetzten noch ſelbigen Abend
mir zwey Wächter zur Seite, mit dem gemeſſen-
ſten Befehl alle meine Schritte und Unterredun-
gen zu beobachten, und bey brennendem Licht in
meinem Nebenzimmer zu ſchlafen.   Mein Aner-
bieten, daß ich unter Verpfändung meines ganzen Vermögens mich nicht ehender von Chur
entfernen wollte, bis alle die mich betreffende
Geſchäfte vor der Volksverſammlung im reinen
wären, wurde verworfen, ich mußte die Wächter
37 Tage immer auf dem Nacken haben, und
ihnen ohne die Nebengaben 219 fl. 24 kr. Tag-
geld bezahlen.

Nachdem mich nun die Volksverſammlung
durch ſo viele Kabalen und gewaltſame Mittel
zum bürgerlichen und Staatsverbrecher einge-
weihet hatte, ſo erfolgten frech die Anklagen und
durch

durch mein Vermögen zu bezahlen versprochene
Verläumdungen. Den Gesetzen, der bisherigen
Ueblichkeit, und der neuerlichen Verordnung von
1773 zuwider, wurde ich nicht als Amtmann,
sondern nur als Theilhaber der Commissariaten
Trepp und Russler mit Rückforderungen über-
häuft.

Der erste dieser Rekurrenten war der Kanz-
ler Gio. Battista Cerletti, dessen Vater zum Scha-
den der Erben der Herrn Consul Francesco Po-
liaghi seines Schwagers und Associrten in vielen
Handlungsgeschäften viele Falsitäten begangen
hat, welche alle in der ihm ertheilten Liberation
verzeichnet sind.

Erwähnter Cerletti rekurrirte wegen einer
Composition von 200 Bayerthaler, die zu Aus-
weichung und Verhütung grösserer Strafe und
Prozeßkosten auf bringendes Ansuchen des Herrn
Giuseppe Pedretti mit des Klägers Vater vor
18 Jah-

18 Jahren unter dem Treppischen Amt gemacht
worden. Dieser Rekurs war vor der Sindikatur, es hat aber weder diese noch der
folgende Delegirte zu meiner grossen Unzufrie-
denheit etwas entschieden, nun schwieg der Rekurrent bis Anno 1792. da überreichte er, dem
Decret von 1773 zuwider, nicht wider das Trep-
pische Amt, sondern wider mich eine Bittschrift
an Löbl. Bundstag zu Ilanz, von dem wurde
der Herr Commissarius Bundslandamman Spre-
cher delegirt diese Sache zu richten, wegen Abgang der nöthigen Akten, konnte auch dieser
nach seinem schriftlichen Zeugniß nichts entschei-
den. Nur allein der allrichtenden Volksversammlung überblieb die Entscheidung, für diese war
der Akten Abgang von keiner Wichtigkeit, eben
so wenig nahm diese Rücksicht auf die erwie-
sene schwere Verbrechen des Rekurrenten Vater,
und noch weniger auf sein langes Stillschweigen.
Aus Ueberzeugung, daß diese Verbrechen auch
bey einer höheren Strafe die Strenge der Gesetze
nicht

nicht befriedigen, wurde ich dazu verurtheilt den Unkostenzettel deſſen Beſtimmung dem Kläger überlaſſen worden und 450 fl. beträgt, und zwey-drittel an der Compoſition, in allem 849 fl. 37 kr. baar zu erlegen. Dieſem begünſtigten Vorläufer folgten

die Erben des Pietro Montini von Campo. Mit dieſen wurde unter dem Treppiſchen Amt wegen vielen Falſitäten und Beſtechung des Amtsdieners eine Compoſition gemacht.

Schon Anno 1783. wurden nach dem Auftrag und gemachter Taxation eines Löbl. Congreſſes an dieſe 66 Bayrthlr. gegen eine Generalquittung zurückgegeben, durch den Herrn Commiſſarius Franz Conradi, dieſer wollte durch den deshalb erhaltenen Befehl das Zeugniß von der Zurück-gabe in Chur ablegen, und doch mußte ich auf das Urtheil der Volksverſammlung noch 34 Bayrthlr. und 61 fl. 14 kr. nachzahlen.

Der

Der Volksversammlung eigenem Schreiben.
an die Unterthanen zuwider: daß jeder Rekurrent
in eigener Person seine Anforderung anbringen
müsse, wann er angenommen werden solle, rekurrirte dennoch der diensteifrige Vorläufer

Canzler Gio. Battista Cerletti bezeichnet mit
absonderlicher Gnade, von wegen des Eifers die
ausserordentliche Volksversammlung in Flor und
Thätigkeit zu erhalten.   Im Namen des

Francesco Pasino von Prata, mit diesem
wurde wegen einem von seinem Sohn begange-
nen Diebstahl unter dem Treppischen Amt eine
Composition gemacht von 35 Filippi.

Vergebens habe ich erwiesen, daß diese
Strafe sehr mild war, indem das Clefner Stat.
Cap. 43. diese Fälle sehr hart zu strafen befiehlt.
Dieser Rekurs kam nie vor die Löbl. Sindikatur
und

und doch verurtheilte mich die Volksversammlung in die Rückzahlung von 35 Filippi.

Canzler Cerletti rekurrirte wieder. Im Namen des

Francesco Poletta., dieser hat seinen verstor-
benen Bruder zu früh begraben lassen, deswegen
wurde unter dem Rusterischen Amt vor 15 Jahren mit ihm eine Composition gemacht von 6
Ducaten.

Auf dieses Vergehen ist in den allgemeinen
Rechten ein bestimmtes Verbot, und eine publi-
cirte Grida hat für diese, welche eine verstorbene
Person vor 24 Stunden begraben, 40 Goldkro-
nen Strafe angesetzt, und doch wurde ich abermal verurtheilt 46 fl. 19 kr. für Composition und
Unkosten zu bezahlen.

Noch einmal machte der Rekurskurrier
Cerletti eine Anforderung. Im Namen des
Con-

Console Giorgis del Bondio, der hatte vorsetzlich einen Diebstahl verhehlet, welcher in seiner Nachbarschaft begangen worden, in der Dragonera, davon er Console war. Herr Dr. Ottavio Corolanza, Afsesfor des Herrn Commiffarius Ruffer als erwählter Schiedsrichter, verurtheilte diesen vorsetzlichen Hehler, weil er zugleich seine Amtspflicht verletzte, zu einer Buffe und Procefskosten von 26 Zechin. Nach dem Clefner Stat. in Crim. 43. Cap. und der Grida generale Cap. 17 mit Innbegriff des Meineids ist eine weit höhere Strafe bestimmt als Herr Afsesfor Dr. Corolanza dem Verbrecher angesetzt hat. Nach dem Stat. Cap. 90 in Civ. ist dieser Gesetzspruch inappellabel, und doch wurde ich verurtheilt zur Bezahlung dieser 26 Zechin 240 fl. und noch 44 fl. 57 kr. Unkosten. Auf diesen in jeder Rücksicht so frechen Rekurrenten folgte eine eben so ansehnliche rekurslustige Gesellschaft.

Gio.

Gio. Battifta Peverada von Mefe diefer rekurrirte um 72 Flp. um die er wegen überwiefe-
nem Diebſtahl in dem Garten der Catharina Turchetta geſtraft worden iſt. Dem Clefner Stat.
Crim. 43 Cap. zuwider wurde diefer Verbrecher
begünſtigt, und ich verurtheilt, dieſe 72 Flp. und
noch 36 andere zurück zu zahlen, um welche die
nemliche Turchetta der Confole Bartholomeo del
Abramo und der Wachtmeiſter Guglielmo del
Bondio als gemeinſchaftliche Hehler des Dieb-
ſtahls geſtraft worden ſind. Dazu mußte ich
noch 46 fl. 37 kr. Unkoſten legen, von denen aber
32 Pfund 10 Mayländer Währung oder 11 fl. 9 kr.
Churer Währung abgehen, weil nach der Erklärung der Volksverſammlung in den Stat. des
Crim. ein Artikel hier angewendet worden, nachdem die Mitſchuldige in die 32 Pfund Strafe
verfallen. O tempora, o mores, ihr ſeyd es,
welche der Volksverſammlung nach einem hier
nicht anwendbaren Artikel der Crim. Stat. für
11 fl. Gerechtigkeit mitbringt. O hätte doch
dafür

dafür die Volksversammlung den Prozeß genau
untersucht, um die Frechheit zu entdecken, die
der Rekurrent in seinem Memorial begeht, und
vorgiebt die gestohlne Biren betragen nur 10 Pf.
dem Proceß ist eine Quittung beygelegt, die be-
weist, daß unterm 13. August 1780 der nemliche
Proverada und seine Mitschuldige für 12 Rupi
oder 120 Pfund der Catharina Turchetta 9 Pf.
Mayländer Währung bezahlt haben.

Nach dem Gebot des schon angeführten 43.
Artikel der Crim. Stat. von Clesen, sollen, wann
auch der Diebstahl gering ist solche Verbrecher
mit 25 Pfund Terzole Straf belegt werden, beträgt aber der Diebstahl 100 Soldi Terzole, so
soll der Dieb nicht nur 25 Pfund Terzole Strafe
geben, sondern er soll auch mit Ruthen gestrichen
werden.

Da nun in der angezeigten Geldbusse, die
bey dergleichen Gelegenheiten immer beträcht-
liche

liche Prozeßkosten begriffen sind, so kann ja in
keiner Rücksicht die Strafe dem Verbrechen nicht
einmal gleich und noch weniger zu hoch ausge-
geben werden. Es hätte dahero dieser Verbrecher mit Strafe zurückgewiesen werden sollen.—
Doch er war nicht nur ein Berufener, sondern
auch ein Auserwählter.

Allen diesen Rekursen wider mich ist keine
einzige gesetzmässige Vorladung vorangegangen,
ich war also ausser Stand mich mit den erforder-
lichen Vertheidigungsmitteln zu versehen, und
der Volksversammlung war es erprieslich, an
der Wahrheit vorüber zu gehen, denn wer ver-
läßt gern ein Gewerbe das gute Ausbeute giebt?
Keine 1794 Churer Volksversammlung! der nach
ihrer nicht fehlenden Allgewalt nur allein zukam,
zu hören, zu sehen, und zu verdammen, ohne
Hinsicht auf den Willen der Gesetze und der
Strenge der Gerechtigkeit, sondern ihre Hinsicht
gieng auf den Beutel des Angeklagten, sonst
würde

würde sie nicht so oft der Landesreforma 1684
9. Artikel vorübergegangen seyn.

„Die Amtleute sollen zu allen Zeiten bey
„ihren Bestellbriefen beschützt, beschirmt
„und selbigen kein Eintrag gethan wer=
„den.

Schon so oft dieser Artikel der Landesre=
forma 1684 freventlich übertretten worden ist,
so wird er in den folgenden Thaten noch weit
sträflicher beleidiget, und eben so widerrechtlich
verläumderisch und gewaltsam die Volksversamm=
lung und die freche Rekurrenten mich behandelt
haben, so ist es diesem doch nicht an die Seite zu
setzen, was ich Euch Ehrsamen Räthen und Ge=
meinden noch erzählen werde, weil in allen die=
sen angeregten Fällen die Verläumdung noch ge=
schickt genug ist, Scheingründe zu ersinnen, bey
diesen aber ist keine Täuschung möglich, sie blei=
ben unter jedem Gesichtspunkt unabänderliche,

grau=

grauſame Verläumdungen und Gewaltthätig=
keiten.

Es iſt auch in der heiligſten Moral eine un=
bezweifelte Wahrheit, daß es Verbrechen, Laſter
und Handlungen giebt, die auf keine Weiſe zu
entſchuldigen ſind, dergleichen verletzen nicht nur
aller geſitteter Völker bekannte Geſetze, ſondern
auch alle ihre natürliche und moraliſche Rechte,
und faſt möchte ich die zu erzählende unter dieſen
begreifen, denn dieſes Verfahren iſt gewiß in
keinem vorhandenen geſetzlichen = Recht oder den
natürlichen Rechten nur ſcheinbar gegründet,
und auch dieſes iſt zuverläſſig gewiß, wenn auch ir=
gendwo eine Volksverſammlungs=Kreatur ſich un=
terſtünde mit frecher Stirne dieſen Gewaltſpruch
zu vertheidigen, ſo' wird ihr bey der größten
Zungendreſcherſchen Verwegenheit doch die Kraft
dazu mangeln. Die Rhäziſche Volksverſamm=
lung vom Jahr 1794 würde ohne alle andere,
ſich nur durch dieſe in ihrer Art einzigen Hand=
lung

lung in allen Zeiten einen unsterblichen Namen gemacht haben.

Menschen, Brüder, mit Empfindung und Gefühl für das Völkerwohl, Euch frage ich, wie gebeugt muß der seyn, dessen Nakken nach so vielen Schlägen noch ein so grausamer Streich trift? der wäre glücklich genug, wann ihm die Schöpfung eine eiserne Stirne und einen eisernen Nakken zugetheilt hätte. O! ich fühle tief diese Schläge und meine Seele leidet grossen Schmerz! Aber wer kennet zum Voraus diese unbegreifliche Wege, welche die Vorsehung das Schicksal gehen heisset, sie läßt aus dem einzelnen Uebel das höchste Wohl herfürgehen! Ich demüthige mich vor ihr in den Staub, bete sie, in ihre undurchdringliche Zukunft verhüllt, stillschweigend an, betrachte mich als das Opfer das Euch zum Vorbild von dem Unsinn und der Bosheit geschlachtet worden, daß durch weise Vorkehrungen meine Brüder gerettet werden können.

D

nen. Mit dieſer tröſtenden Zuverſicht fahre ich
in meiner Erzählung ſo freymüthig, wie bisher
fort.

Wider meinen Sohn Hercules von Salis
von Tagſtein, als Aſſiſtent unter dem Ruſſeri-
ſchen Commiſſariat rekurrirten die Erben des

Herrn Hauptmann Daniele Stampa und for-
derten von ihm eine Summe von 86775 Pfund
16. 5. Mayländer Währung oder 29751 fl. 40 kr.
Churer Währung, unter dem Titel eines Nachtheils, den ſie durch ihn bey der Trennung ihrer
Aeltern und dem erfolgten Eheſcheidungsprozeß
vor dem Senat zu Mayland, ꝛc. 1780 erlitten
hätten.

Mein Sohn beſitzt noch kein Eigenthum an
Güteren, es wandten ſich dahero die Rekurrenten bey der Volksverſammlung mit ihrer Anforderung an mich, als Vater, und Theilhaber des
Amts.

Dieſe

Diese Forderung gab den Stiftern der Volksversammlung noch die allerschönste Gelegenheit ihren Verderbenschwangern Plan nachdrücklich zu verfolgen, sie muthete mir also ungesäumt zu, mich in 48 Stunden gegen die ganze Anklage zu vertheidigen. Hätte diese Anklage in der That mich betroffen, so wäre das Verlangen zu erfüllen eine Unmöglichkeit gewesen; um so mehr unmöglich, da mir, wie bey allen bisherigen Anschuldigungen kein Prozeß vorgelegt worden. Da mein Sohn amtlicher Assistent war, so habe ich mich niemals in diesen Vorfall gemischt und kann dahero amtliches nichts angeben, als einen einzigen Punkten, der mir durch Zufall hinterbracht worden ist, mein übriges Wissen ist so unvollständig als der allgemeinen Sage, weil sonst niemals nichts vom Prozeß vor mich gekommen ist, ich wiederhole also hier, was ich der Volksversammlung in meiner Protesta angegeben, daß mir hinterbracht worden seye: Es wäre von den Effekten die Frau Maria Stampa, die sie

bey

bey ihrer Entfernung von ihrem Gemahl mit-
genommen, in Gegenwart eines Curialen durch
dessen Canzler ein doppelt Verzeichniß gemacht
worden. Für diese mitgenommene Effekten habe
Herr Guiseppe Pedretti der reichste Kaufmann zu
Clefen sich als Bürg und Zahler dem Herrn
Hauptmann Daniele Stampa verschrieben, damit
war dieser zufrieden, und ich weiß auch aus
nachmaliger Erkundigung, nachdem dieser Ehe-
streit endlich durch einen gütlichen Vergleich in
Mayland beygelegt worden, daß Herr Pedretti
seine Verschreibung wieder zurück erhalten hat.
In Hinsicht, daß ich unter dem Rufferischen Amt
nur als eine Partikularperson anzusehen war,
und mir weder ein Richter noch sonst eine un-
befangene Person etwas anschuldigen kann, so
wurde ich doch ohne vorangegangene Vorladung
unter dem 18. Jul. 1794 von der Volksversammlung verurtheilt, die ungeheure ganze Stampische
Forderung für mich und meinen Sohn in solidum
zu bezahlen. Unter dieser sogenannten Entschä-
digung

digung waren allein 26367 Pfund 1. 8. Mayländer Währung, oder 9040 fl. 9 kr. Bündner-
Währung als Zinse begriffen.

Unter allen inn = und ausländischen Gesetzen
erlaubt keines, so wenig als die Billigkeit, daß
man den Vater für den Sohn verurtheile, wann
dieser schon Mann und aus der väterlichen Gewalt ist, und daß er damals schon beydes war,
beweiset sein Amt als angestellter Assistent des
Commissariats, um wie viel mehr muß er es jezo
seyn, da er 15 Jahre nach dieser Geschichte erst
belangt wird.

Dieß Urtheil, das nur von der ange-
maßten Gewalt und Privatrache gesprochen und
vollzogen werden konnte, bietet durch seine
Vollziehung allen Gesetzen und Rechten der Natur
und Moral Trotz, wie ich weiter unten beweisen
werde, wann ich in der Thatsache fortfahre.

Wäre

Wäre mein Sohn in diesem Fall würklich verantwortlich und mit Recht in eine Strafe oder Rückerstattung nach dem Gesez verurtheilt worden, so kann ich doch nie in dieser Verurtheilung mitbegriffen seyn. Hat, wie hier, der Verurtheilte noch kein Eigenthum, so ist der Richter und Anforderer verbunden mit der Vollziehung des Urtheils so lange zu warten, bis dem Verurtheilten ein solches anheim gefallen ist. Das ist dem Gesez und der Natur angemessen.

Weil aber diese berüchtigte Volksversammlung keine Schranken ihres ausgearteten Willens und ihrer ausschweifenden Gewalt kannte, kein Gesez und keine Verantwortung fürchtete, und keine Moral zur Richtschnur hatte, meine Niederdrückung aber in ihrem Plan war, so bedurfte es keiner Rücksicht auf Eigenthum, Ehre und Freyheit, und ich wurde aufs schimpflichste gezwungen dieses unnatürliche Urtheil auf meinen Gütern vollstrecken zu lassen, im Weigerungsgerungsfall, wann ich nicht einwilligen wollte, wurde mir angedroht, man werde mich so lang bey Waſſer und Brod im Gefängniß halten, bis dieſe Forderung bezahlt ſeyn werde.

Ein bereits Gefangener meiner Feinde, überzeugt, daß dieſe Drohung mit raſender Schadenfreude erfüllt würde, aus dem Schutz der Geſetze geriſſen war ich zu unmächtig mich dieſer Anforderung, ſo ſehr ſie auch mein Gefühl empörte, zu widerſetzen, es nöthigte mir dahero die Gefahr der Erfüllung der Drohung dieſe Erklärung ab, daß ich dieſe Zahlung aus meinen Gütern nicht hindern könne und geſchehen laſſen müßte.

Auf dieſe erzwungene Erklärung wurde ich noch am nemlichen Tag von meinen beſchwerlichen Wächtern befreyet.

Daß die Drohung mir dieſe Erklärung abgedrungen, kann um ſo weniger bezweiſelt werden,

ben, da ich mich erbiete es durch schriftliches
Zeugniß der Boten von mehrern Gemeinden aus
der Versammlung zu beweisen; wie wohl das
schon die Natur der Sache einsehen lässet.

Eine erzwungene Verbindung oder Erklärung kann und darf vor einem gesetzmässigen
Richter nie statt finden, diese allgemein bekannte
gesetzliche Wahrheit war der Volksversammlung
im geringsten nicht fremd, sie gieng daher sogleich zu neuen ungesetzlichen Mitteln über, die
den Vorschriften und Statuten von Clefen zuwider sind, um ihr ungerechtes Urtheil zu unter-
stützen und zu vollziehen. Dieses Verfahren mag
jeden Leser überzeugen, daß eben so wie ein La-
ster das andere zeuget, auch eine Ungerechtigkeit die andere erzeuge.

Dem Plan der Volksversammlungsstifter
war es nothwendig, dieses Urtheil sogleich zu
erfüllen, und die Vollziehung für keinen andern

und

und gesetzmäſſigen Richter aufzuhalten, weil nur ein ungesetzlicher, ausschweifender Richter, wie die Volksversammlung, fähig iſt, einen Vater für den Sohn zu verdammen und zu exequiren.

Es ergieng dahero der eingerückte Befehl an den Herrn Commiſſarius von Clefen, als ein abermaliger Beweis, wie sehr sich die Gewalt über alle Geſetze im Triumph erhebe.

Chur den 24. Jul. 1794.

„Wir sollen unserm insonders H. H. G.
„L. B. und A. hiermit anzeigen, daß auf
„der vom Herrn Vikari Anton Salis von
„Tagstein heute eingereichte Erklärung,
„wie er nicht im Fall seye diejenige Sum=
„me, die von unserer Standesversamm=
„lung zu Gunsten der Herrn Erben des
„Capitano Daniele Stampa gesprochen wor=
„den, weder mit baarem Geld zu befrie=
„digen, noch die anverlangte Bürgschaft
„zu

„zu leisten, und mithin obigen Herrn Stam-
„pischen Erben überlassen müssen, laut De-
„cret, sich ihre Bezahlung zu verschaffen,
„ertheilen wir, hiemit Euch den gemessen-
„sten Befehl und Auftrag, unverzüglich
„so viele von Herrn Vikari Anton Salis
„von Tagstein in Eurer Judicatur liegende
„Güter an Bezahlung, der von uns er-
„kannten Summe und verursachten Un-
„kosten, als diese betragen, durch die
„öffentliche Schätzer der Gemeinde aus-
„schätzen zu lassen, und solche den benann-
„ten Herrn Daniel Stampischen Erben
„eigenthümlich anzuweisen. Wir gewär-
„tigen von unserm insonders H. H. G.
„L. B. und Amtmann, daß ihr diesen
„unsern Auftrag auch ohne Intervention
„des Herrn Vikari Anton und ohne auf
„die allfällig dagegen zu machende Ein-
„wendungen von Seiten desselben Bedacht
„zu nehmen, ein schleuniges Genüge lei-
„sten

„sten werdet, und verharre nebst Erlas-
„sung in göttlichen Machtschutz, ꝛc. ꝛc.

Præses und samtliche Deputirte einer
Löbl. ausserordentlichen Standsversammlung.

Die wiederholte ausdrückliche Zudränglichkeit
keine Rücksicht auf irgend eine Widersetzung gegen die Erfüllung dieses Befehls zu nehmen,
wird wohl niemand im Zweifel lassen, daß die
Volksversammlung einen Widerstand befürchtete,
und mit Recht befürchtete, weil ihre Verfah-
rungsart allem Recht und Gesetz zuwider ist,
und sie überzeugt war, daß meine Erklärung nur
durch Zwang mir abgenöthiget worden, wir sehen hier die Volksversammluug unter dem Bild
eines bösen Menschen, der eine Uebelthat gethan,
und von der Angst gequält wird, entdeckt zu
werden, und der nemliche gemessenste Befehl
enthaltet eine plumpe Verletzung der Clefner
Statu-

Statuten und der Capitulats, und nöthiget den
Amtmann seinen auf das 2. Cap. des Criminal-
Statuts geleisteten Eid zu brechen.

Auf diesen Rekurs folgte eine Anforderung
von den Erben des

Herrn Delegata Toricella wider meinen Sohn
Aßistent unter dem Amt Secca von 18000 fl.
Der Vater dieser Rekurrenten erklärte die Ein-
wendung des Herrn Commißarius Secca wider
seine Ernennung als Aßeßor in voller Versammlung der Gemeinde Clefen für ein infames
Libell; weil er nun den Repräsentanten des
Landesfürsten so freventlich beleidigte, so wurde
er um des Examens willen 7 Tage gefangen gehalten, und ihm sodann auf den bestimmten Befehl eines Briefs von Herrn Commißarius Secca
vom $\frac{1}{11}$ August 1781 der Prozeß gemacht.

Ohngeachtet die Procura der Erben des
Toricella nur wider meinen Sohn gerichtet ist,

so

fo wurde ich doch auch wider ohne vorherge-
gangene Vorladung weder an meinen Sohn,
noch an das Amt Secca, noch an mich, abermal
verurtheilt, 3500 fl. als vorgeblicher Theilhaber
des Amts augenblicklich baar zu bezahlen, mit
dem Zufatz, daß im Fall ich mich der Zahlung
weigerte, die Rekurrenten noch 8 Tage auf meine
Koften zu Chur bleiben könnten, und daß fie
fodann die Bezahlung aus meinen Gütern nehmen follten, fowohl die Prozeßkoften als die
Hauptfumme. Sine facto & forma judicii, foll
ohne Zweifel heiffen: de facto & fine forma judicii.

Wie ungerecht diefes Urtheil ift, erweist die
Vernachläffigung des Gefetzes nicht allein, fon-
dern auch die Art, mit welcher die Vollziehung
gefchehen ift, es ift weder mir, noch dem Commiffarius von Clefen ein Befehl ertheilt worden,
daß meine Güter follen zur Bezahlnng diefer Anforderung ausgefchätzt werden, es ift gefchehen,
ohne

ohne mir eine Erklärung meines Willens ab-
zufordern. War diese Erklärung bey der Stampischen Forderung nöthig, so war sie es gewiß auch
diesmal, oder glaubte die Versammlung meine
mir einmal abgedrungene Erklärung erstrecke
sich auf alle ungerechte Anforderungen? dieses
kann nur die zügellose Gewalt, welche die Volksversammlung zu allem berechtiget hat, beant-
worten.

Die Art, mit welcher dieser Rekurs an die
Volksversammlung gemacht worden, würde kein
Richter für recht und gültig erkennen, die To-
ricellische Erben klagen über Unrecht, kommen
nicht selbst, und bestimmen weder die Summe
ihrer Forderung, noch einen Sachwalter, und
doch war die Volksversammlung, entflammt von
ihrer so genauen Gerechtigkeitsliebe, so geschwind
mit der Sache im reinen, und das ganz und gar
durch meine Verdammung. Zur bessern Einsicht
wird die Vollmacht hier nicht am unrechten

Orte

Orte stehen, sie ist ein Schlüssel zur Gerechtigkeit für die Zukunft.

"Unübersehbar ist der Verlust, welchen
"unsere Familie unter dem Amt des
"Commissari Secchi erlitten, von dem der
"Herr Hercules Salis Tagstein Assistent
"gewesen war, welcher sogar den Tod
"durch seinen Arrest verursachte, dadurch
"wir in den größten Kummer versetzt
"worden sind, auch ist unsere Ehre verletzt
"worden, da wir nun vernehmen, daß ein
"neues Tribunal uns diejenige Gerech-
"tigkeit verspricht, die wir wohl hoffen,
"aber wegen der zu großen Gewalt dessen
"den wir hätten belangen sollen, bis
"dato nicht haben erhalten können, so
"haben wir uns entschlossen vor demsel-
"ben unsere Klagen vorzubringen, in der
"Ueberzeugung, daß man uns Gerechtig-
"keit widerfahren lassen werde, um des-
"willen,

„willen, daß wir unsere Militair - Bedie-
„nungen in Piemont in den jetzigen Um-
„ständen nicht verlassen können, so haben
„wir dieses Mandat dem Herrn . . . . . .
„übertragen, ihme die Gewalt ertheilend,
„unsere Klagen zu übergeben und anzu-
„bringen, unsere Bitte und alle die Schritte
„vorzunehmen, die da nothwendig und
„unumgänglich seyn werden. Im Namen
„auch unsers Bruders Benedicti der ge-
„genwärtig in Holländischen Diensten
„steht. Coni, den 26. May 1794.

Ottavius Toricella de Balbiani Major
destiné.

Anton Toricella de Balbiani Cap.
Lieutenant.

Johann Battista Toricella de Balbiani
Plazmajor.

Da

„Da ich wegen meinem 70 jährigen Alter
„und faſt ununterbrochenen Krankheit
„nicht ſelbſt nach Chur gehen kann, ſo
„habe ich dieſes Mandat übergeben, um
„ſolches auch in meinem, meiner Kinder
„und meiner Enkel Namen zu überge-
„ben und zu machen, was ihr gut be-
„finden werdet. Clefen, den 17. Jun.
„1794.

Martha Toricella.

Um nun endlich alle und jede dieſe Thaten
zu krönen, rekurrierte das Mitglied des Löbl.
unpartheiiſchen Gerichts, Herr Commiſſarius Capol von Lugnez, er verlangte nicht weniger als
1000 Louis für den Nachtheil, den er während
der ganzen Zeit ſeines Commiſſariats das $\frac{5}{11}$ Jun.
1773 endigte; dieſen Nachtheil leitet er von der
Reichenauer Convention her, und die erfolgte
erſt den 31. April 1773, und doch hat er dieſe
Folgen während ſeines Commiſſariats vom An-

E   fang

fang bis zum End ertragen müssen: welch ein
Schmerz von so langer Dauer das mag gewesen
seyn? Diesen Nachtheil erhielt er insbesondere
durch den Fürst Abt von Dissentis Columbano,
vorzüglich bey Ernennung der Assessoren seines
Amts; Als Freund des Fürsten Columbano klagt
Herr Capol den Capitano Lumaga als öffentlichen, mich aber als heimlichen Mitschuldigen seines Nachtheils an, auch solle durch des Herrn
Lumaga und meine Mitwürkung der Nutzen der
fürstlichen Kammer verabsäumt worden seyn.

Was das für eine lügenhafte elende Schein-
forderung und Anschuldigung ist, wird jeder Leser einsehen, und aus dieser das ehrenveste Mitglied des unpartheiischen Gerichts beurtheilen,
die Ableitung des Nachtheils straft den Kläger
schon so einer unverschämten Lüge, daß man dem
andern allem keinen Glauben beymessen kann.
Dessen unerachtet wurde ich doch, wie bey allen
andern eben so glaubwürdigen Anschuldigungen
verur-

verurtheilt gegen den Regreß an den Fürst Abt
Columbano und Cap. Lumaga 2000 fl. zu bezah=
len, dem Herrn Commiſſarius 1500 fl. und an
die Kammer 500 fl.

An eine wohlweiſe Obrigkeit zu Thuſis
wurde durch ein Schreiben geordnet, daß dieſe
Zahlung aus meinen Gütern zu Tagſtein ge=
ſchehen ſoll.

Der Bundsbrief beſtimmt ausdrücklich,
daß es nicht erlaubt ſey, daß ein Bündner gegen
Bündner ſich ſelbſt zum Richter aufwerfe. Auch
dieſes mußte an mir geſchehen, auf daß erfüllet
würde: auch nicht Ein Geſetz blieb unübertretten.

Auf den offenbaren Widerſtand der Boten
vom Löbl. Gottshausbunde verwies eine zweyte
Erkenntniß dieſen Rekurs an den rechtmäſſigen
Richter, an die Obrigkeit in Bergell Unter Porta;
wahrſcheinlich aus Ueberzeugung, daß ein geſetz=

licher

licher Richter diese Klage verwerfen müsse.
Aber des wiederholten Widerstands von obigem
Boten ungeachtet, wurde dieses Decret unterm
7. August 1794 wieder aufgehoben, und es blieb
bey der ersten Verordnung, dem so unverant-
wortlichen Eingriff in die heiligen Judicatur-
Rechte der Gemeinden.

Alle diese Rekurse, die mir so gewaltig grossen Nachtheil für meine Ehre bringen sollten,
und für mein Vermögen gebracht haben, beweisen genug die muthwillige Eingriffe in alle Rechte,
aber diese Eingriffe erhöhen sich noch mehr,
wenn man erwäget, daß die Volksversammlung
nie keine Vollmacht hatte zu verurtheilen und
Strafen aufzulegen, und noch weniger kam ihr
das Recht der Vollziehung ihrer Urtheile zu,
alles dieses Verfahren war neben der Verletzung
der Gesetze eine grosse Verletzung der Rechte des
Löbl. unpartheiischen Gerichts, dem sich die Versammlung mit ihren Zungen selbst untergeordnet

net hat, und in der That untergeordnet hätte
seyn und bleiben sollen, aber ihre eigenwillige,
zügellose Gewalt gieng auch da vor Recht, sie
entlief und artete aus wie ein bösartiges Kind,
das von frommen Aeltern gezeuget ist.

Ein Löbl. unpartheiisches Gericht, das
nach den Gesetzen über mich wegen den Rekursen geurtheilt hat, hat mich ganz und gar los
und ledig gesprochen und die Volksversammlung
ab, und auf das 1773r Decret vom Bundstag
verwiesen.

Hätte das unpartheiische Gericht mir die
gleiche Gerechtigkeit in Rücksicht der Reichenauer
Convention wiederfahren lassen, so wäre ich weit
entfernt, mich über dasselbe beschweren zu
müssen. Aber die enorme Busse von 10800 fl.
zwingt mich, meine gerechte Klagen wider dasselbe in euren väterlichen Busen auszugiessen.
Dem Leser, der aufmerksam die Sentenz des U. G.

lieset,

lieſet, welche pag. 19. ſeines gedruckten Proto-
kolls regiſtrirt iſt, entgehet gewiß die Bemerkung
nicht, daß das U. G. von der Enormität dieſer
Buſſe ſelbſt überzeugt, nöthig gefunden hat, mir
noch andere Verbrechen zuzumuthen. Wirklich
hatte mich der Fiscal nicht nur wegen der Reichenauer Convention, ſondern auch wegen vorgeblichen Aemter = Societäten und wegen den Rekur-
ſen der Unterthanen vor dem U. G. verklagt.
Allein da das U. G. mich in dieſen letztern Stü-
cken ſelbſt frey geſprochen hatte, ſo iſt es ja ſon-
nenklar, daß mir nichts anders als die Reichenauer Convention konnte zur Laſt gelegt werden.
Wozu denn der elende Kunſtgriff, deſſen ſich
das U. G. bedient? Um ſeine offenbare Parthey-
lichkeit zu bedecken ; der Herr Aſſiſtent Perini war
in der letzten Sitzung eben dieſes Verbrechens
angeklagt worden, wozu das ungleich gröſſere
hinzu kam, ſich erfrecht zu haben, die Beſchäfti-
gungen der A. B. mit unanſtändigen Ausdrücken
zu ſchildern, und dennoch war mit Urtheil er-
kennt

kennt worden, daß er, nebſt Erlegung der Unter-
ſuchungs-und Gerichts = Koſten ſollte aus Gem.
Landen Räthen ausgeſchloſſen ſeyn. Offenbar iſt
es alſo, daß nach dem vom U. G. angenommenen
Grundſätzen ich gelinder als er behandlet werden
ſollte, da ich der deſpotiſchen Tirannei ohngeachtet, welche die A. St. gegen mich ausübte,
mich begnügte, zu Gott allein mein hartes Schick-
ſal zu klagen. Und nachdem man mir ſchon den
beßten Theil meines Vermögens geraubt, werde
ich dennoch zu einer Buſſe von 10800 fl. verurtheilt? Wer ſieht da nicht den ausgemach-
ten Plan, mich ſamt meiner Familie in den
unglücklichſten Zuſtand zu verſenken. Dieſe
Wahrheit wird noch deutlicher, wenn man be-
merkt, daß das U. G. ſelbſt es nicht wagt, aus
der Reichenauer Convention ein Verbrechen zu
machen. Es iſt damit zufrieden, dieſelbe als
eine Vergehung zu ſchildern, und es wagt dennoch mich wegen einer bloſſen Vergehung zu der
ungeheuren Buſſe von 10800 fl. zu verfällen.

Mei-

Meiner Erzählungen und Bemerkungen, die ich ganz aus der Natur dieser Thaten gehoben, werden niemand im Zweifel lassen, daß die Volksversammlungsstifter die Wiederherstellung der erlöschten Gesetze und die Abwendung der Gefahr einer vorgeblichen drohenden Theurung nie im Sinne gehabt haben. Der genaueste Forscher wird nicht eine Spur davon entdecken können, sie können sich dahero vor der Nation nie reinigen, daß dieß nicht nur ein blendender Vorwand für ihre bösen Absichten gewesen seye; Die Eile, mit welcher alle Gesetze niedergerissen wurden, ehe die Gemeinden ihre wahren Absichten durchschauen konnten, klagt sie nicht nur an, sondern zeugt auch klar wider sie und ihre Handlungen; diese aus schiefen Absichten zusammen geflickte, unzweckmässige, unüberlegte Gesetze gleichen nicht einem am rechten Orte angelegten Damm, sondern einer Wehre, die man quer über den Strom aufführt, und ihn andurch zwingt sich anzuschwellen und das Land zu verwüsten.

Kein

Kein Tugendhafter, sondern nur ein Ver-
worfener kann vorgeben, daß er die Tugend be-
festige, indem er zu Moral= und Gesetzwidrigen
Mitteln greift, dieß heißt offenbar nichts anders,
als die Tugend an Pranger stellen, und das La-
ster im Triumph herumführen.

Es durchschauert mich, wenn ich die Volksversammlungsstifter mit dieser Larve unter den
Trümmern der Tugendfeinde, wo sie geschäftig
sind durch Heuchelei und fromme Prahlerei
eine allgemeine Verwirrung zu bereiten, durch
vergiftete Grundsätze, die sie zur Wahrheit lügen,
Menschen verführen; wo diese nicht mehr zurei-
chen, zu Gewalt und Mißhandlungen greifen,
und für Gerechtigkeit ausschreien; und das alles
um desto gewisser im trüben zu fischen, denn das
ist dieser Menschengattung edelstes Gewerbe.
Wie sehr richtig diese Bemerkung der Brief
vom Gubernium von Mayland unter dem 21.
August 1794 ebenfalls gemacht hat.

In

In Hinsicht, daß der ganze Plan dahin gerichtet war, durch Schein und Gewalt alles in
Verwirruug zu setzen, und jedem Geschäft und
Gesetz eine schiefe Wendung zu geben, wird sich
niemand wundern, daß ich mit so viel Rekursen
belegt worden. Daß es zur Absicht war, daß
auch meine Niederdrückung geschehen solle, ist
längstens klar, denn sonst hätten ja die Amtleute, und nicht ich, als Partikular Person und
bloßer Theilhaber, zur Rechenschaft gezogen werden müssen..

Und nimmt man endlich alles unter einen
Gesichtspunkt, so sieht man wie schöpferisch die
Volksversammlungsstifter ihren Plan angelegt;
um alles in ein Chaos zu bringen, wollten Sie
erst zertrümmerte Maßen aufhäufen, deswegen
wollten sie erst Gesetze, Rechte, Freyheit, Sitten und
Religion mit dem Eigenthum vertilgen, um aber
dieses zu bewürken, war es ihnen eiserne Noth-
wendigkeit, zu dieser glorreichen Gleichheitsre-

form,

form, daß sie die Summe der Gesetze in allen
Theilen zerreissen, Moral und Menschenrechte in
den festesten Banden zertrennten, die unschuldig-
ste zum Wohl des Landes abzweckende Handlungen in Verbrechen umschuffen, daß man Verbrecher für Unschuldige, Gedrückte erklärte, daß man
durch List und Schmeicheley mit Zungendrescher-
künsten Menschen verführte, daß man Menschen
Eid - und Bundbrüchig machte, daß diese ihre
wohlthätigste Vorrechte von sich warfen. Wer
mag dieses läugnen?

Sind nicht alle diese Rekurrenten aus Unterthanen Landen Verbrecher und Verführte?
Haben nicht diese ihr so theures Vorrecht dadurch von sich geworfen, daß sie sich vor einen
fremden Richter locken liessen? Ist nicht der
Bundsbrief die Grundfeste unserer Freyheit, dessen genaue Beobachtung man Gott dem Allmäch-
tigen feyrlich und eydlich angelobt hatte, in mehr
als einem Artikel gebrochen. Ist nicht das
Band

Band der Vereinigung der drey Bünde und
der ihnen einverleibten Herrschaften zerrissen
worden? Sind nicht die so heilige Gerichtsbar-
keiten der Hochgerichter muthwillig verletzt worden? Haben die Nichtlegale Vorladungen, ge-
waltthätige Urtheile und grausame Erfüllungen
nicht die Bande der Sicherheit des Eigenthums
zertrennt? Ist nicht die allein berechtigte Gesetz
und Vollmacht ertheilende Obergewalt der Gemeinden durch willkührliche, zügellose Ausübung
und Mißbrauch verspottet worden? Ist nicht
die Erbvereinigung des Allerdurchlauchtig-
sten Erzhauses Oesterreich mit der Republik
durch die Verletzung Seiner mit uns gemachten
Verträge und Capitulat und Seiner Herr-
schaftsrechte Nazüns wirklich beleidiget? Wer
vermag alles dieses zu entschuldigen oder zu
läugnen??

Man erkennet es aber auch und weiß es zu
schätzen, was man denen für Verehrung und
Dank

Dank schuldig ist, die sich als Mitglieder dieser Volksversammlung so männlich, treu und bieder gehalten haben, man weiß es, daß diese Edle durch ihr Ausdauern und ihren unermüdeten Eifer das Vaterland vom Untergang gerettet haben. Gegen diese sey auch mein Dank gerichtet, den ich laut mit der Stimme der Dankenden vereinige und abstatte. Diese Patrioten sind es würdig, daß ihre Namen für unsere Nachkommen aufbewahret werden, damit die unserige auch ihre Nachkommen noch segnen können. Eine Thräne der Freude und des Danks entrollet meinen Augen über diesen köstlichen Sieg der Tugend. Aber auch Dank, lauter, vereinigter Dank denen Gemeinden, die so dringend darauf bestanden haben, diesem so lange ungehinderten Unfug der Volksversammlung zu steuren.

Zu diesen rechtschaffnen Patrioten, nicht nur dem Namen nach, sondern in der That, zu diesen

sen von Wahrheitsliebe und Rechtsgefühl beseel-
ten Löbl. Gemeinden, zu einem jeden redlichen
Bundsmann, dem sein eignes biederes Herz es
sagt, daß Gewalt und Unterdrückung das Glück
der Länder zerstöhren, daß Ungerechtigkeit die
Grundpfeiler des Staats wanken macht, daß
unrechtmässiger Weise an sich gerißnes Gut ein
Krebs ist, welcher das Mark des gemeinen We-
sens verzehrt, nehme ich denn meine Zuflucht;
Diese bitte ich dringend, sich für mich bey den
hohen Gemeinden, dem obersten Landsfürsten
unserer Republik zu verwenden, damit sie geru-
hen, alle wider mich ergangenen Aussprüche der
ausserordentlichen Standesversammlung und des
unpartheiischen Gerichts aufzuheben, für null
und nichtig zu erklären, und meine völlige Ent-
schädigung zu verfügen.

Möchte doch Friede, Tugend und Ein-
tracht in unserm Vaterland immer ununterbro-
chen blühen, und nie von der verzehrenden Freyheit

heit = und Gleichheits = Flamme zerstöret werden!
Daß Ihr für jetzt gnädig gebietende Herren
und Obere durch die Wiederherstellung der Gesetze und Aufrichtung der gebeugten Bundsgenossen bereits nach Euren Kräften und Pflichten an diesem Friedenstempel den Grund leget,
giebt meinen noch wenig lebenden Jahren noch
eine fröhliche Aussicht.

In dieser tröstlichen Hoffnung werfe ich
mich in Euren Schutz und verharre mit Ehrer-
bietung

Gnädig gebietende Herrn und Obere
der ehrsamen Räthen und Gemeinden

Euer

unterthänigster Diener
Anton von Salis Tagstein.

www.ingramcontent.com/pod-product-compliance
Lightning Source LLC
Chambersburg PA
CBHW030005030726
47499CB00008B/2897